이솝  이야기2

엮음 김양순 | 그림 현은영

개정판 1쇄 인쇄 2004년 1월 5일
개정판 1쇄 발행 2004년 1월 15일

발행처 (주)계림닷컴
발행인 오세경

편집 책임 심정민 | 디자인 책임 최연주 | 디자인 진행 우송희 | 제작 책임 홍진의
주소 서울시 종로구 평동 13-68
전화 (02)739-0121(대표) | 팩스 (02)722-7035
홈페이지 www.kyelimbook.com
출판등록 2000년 5월 22일 1-2684호

이솝 이야기 2

엮음 김양순 | 그림 현은영

 계림

늑대와 양치기 소년

양들이 풀을 뜯고 있었어요.
"아이, 심심해. 신나는 일 없나?"
양치기 소년은 이리저리 궁리했어요.
"아하! 바로 그거야."
양치기 소년은 마을을 향해 소리쳤어요.
"늑대다! 늑대가 나타났다!"

깜짝 놀란 사람들이 **허겁지겁** 달려왔어요.
"어디야, 어디. 늑대가 어디 있니?"
사람들이 물었어요.
"하하하! 늑대는 없어요."
"뭐야? 거짓말을 하면 못써!"
사람들은 화를 내며 돌아갔어요.

며칠이 지났어요.
"아이, 심심해."
양치기 소년이 투덜거렸어요.
"헤헤, 또 장난을 쳐 볼까?"
소년은 다시 마을을 향해 소리쳤어요.
"늑대다! 늑대가 나타났다!"

마을사람들은 또 **허둥지둥** 달려왔어요.
"늑대가 어디 있니?"
"**푸하하**, 늑대는 없어요."
소년이 **데굴데굴** 구르며 웃었어요.
"이 거짓말쟁이! 혼날 줄 알아!"
마을사람들은 화를 내며 돌아갔어요.

10

어느 날, 정말 늑대가 나타났어요.
늑대는 양들을 마구마구 잡아먹었어요.
"늑대가 나타났어요!
진짜 늑대예요!"
양치기 소년은 **고래고래** 소리쳤어요.
"흥! 또 거짓말을 하는군."
마을사람들은 들은 척도 안 했어요.
소년은 양을 모두 잃고 말았답니다.

여우와 두루미

숲 속에 여우와 두루미가 살았어요.
"오늘은 두루미를 골탕먹여야지."
약삭빠른 여우가 두루미를 초대했어요.
"맛있는 음식이 많겠지?"
두루미는 침을 꼴깍 삼키며 집을 나섰어요.

13

여우는 납작한 접시에 수프를 내놓았어요.
"두루미야, 많이 먹어."
그런데 두루미는 부리가 뾰족해서
먹을 수가 없었어요.

"맛이 없니?"
여우는 생글생글 웃으며
두루미의 수프까지
먹어치웠어요.

15

두루미는 몹시 화가 났어요.
'여우 녀석, 어디 두고 보자.'
다음 날, 두루미가 여우를 초대했어요.
"맛있는 음식이 많겠지?"
여우는 맛있는 음식을 생각하며
겅중겅중 뛰어 두루미 집으로 갔어요.

18

두루미는 긴 병에 담긴
수프를 내놓았어요.
"여우야, 많이 먹어."
여우는 병만 할짝할짝 핥았어요.
"맛이 없나 보구나!"
두루미는 여우의 수프까지
후루룩 마셔 버렸어요.

20

"여우야, 잘 가."
두루미가 웃으며 인사했어요.
"으응…… . 잘 있어."
꼬륵 꼬륵 꼬르륵……!
여우는 배를 움켜쥐고 집으로 돌아갔어요.
여우는 자신의 잘못을 뉘우쳤대요.

21

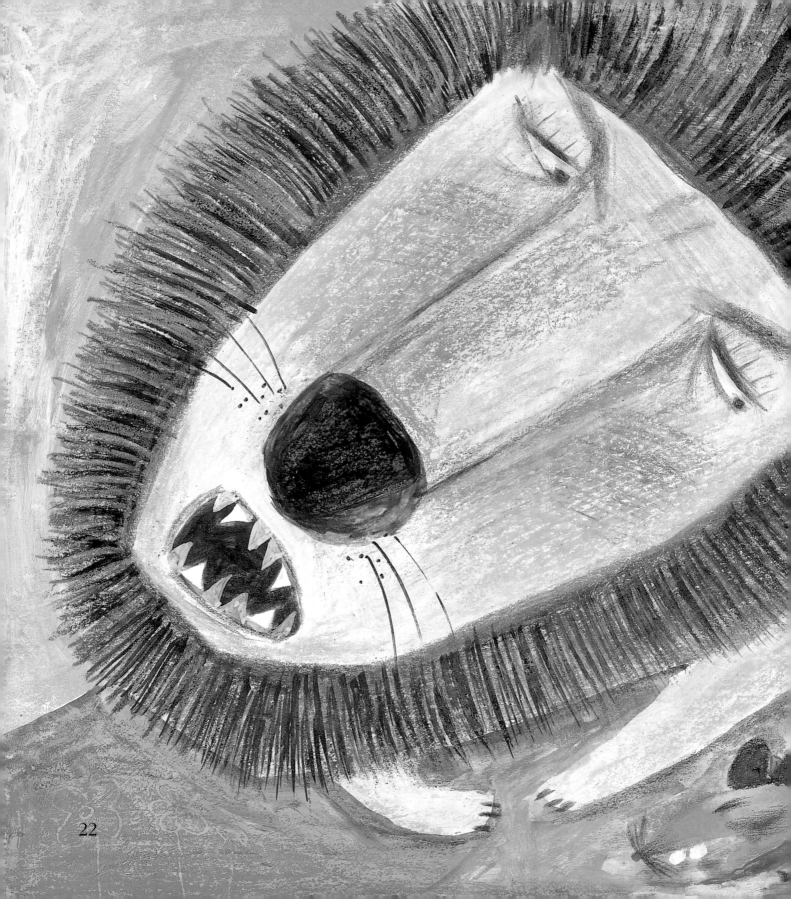

사자와 생쥐

햇살이 따스한 봄날, 사자가
쿨쿨 잠을 자고 있었어요.
이 때 생쥐가 **쪼르르** 달려가다가
사자의 꼬리에 걸려 꽈당 넘어졌어요.

"어흥, 웬 놈이냐?"
사자가 잠에서 깨어났어요.
"사자님, 제발 살려 주세요."
생쥐가 바들바들 떨며 **싹싹** 빌었어요.
"으흠, 쬐그만 녀석이 딱하군."
사자는 생쥐를 그냥 놓아 주었어요.

그러던 어느 날, 사자가 그물에 걸렸어요.
바둥바둥 움직일수록 그물은 더 엉켰어요.
"어흐응, 사자 살려!"
사자는 눈물을 뚝뚝 흘렸어요.

이 때 생쥐가 달려왔어요.
"사자님, 제가 구해 드릴게요."
생쥐는 뾰족한 이로 그물을 갉기 시작했어요.
요리조리 **갉작갉작** 왔다갔다 써걱써걱.
마침내 사자는 그물에서 풀려났어요.

"생쥐야, 정말 고마워."
"뭘요, 은혜를 갚은 것뿐인데……."
사자와 생쥐는 다정한 친구가 되었어요.